Directora de la colección:
Mª José Gómez-Navarro

Equipo editorial:
Violante Krahe
Juan Nieto
Lupe Rodríguez

Dirección de arte:
Departamento de imagen y diseño GELV

Diseño de la colección:
Manuel Estrada

El 0,7% de la venta de este libro se destina a la construcción de la escuela que la ONG Solidaridad, Educación, Desarrollo (SED) gestiona en San Julián (El Salvador).

Carretera de Madrid, km. 315,700
50012 Zaragoza
Teléfono: 913 344 883
www.edelvives.es

ISBN: 84-263-6117-X
Depósito legal: Z. 2408-06

Talleres Gráficos Edelvives (50012 Zaragoza)
Certificados ISO 9001
Printed in Spain

FICHA PARA BIBLIOTECAS

FARIAS, Marta
El último guardián / Marta Farias ; ilustraciones, Jordi Vila Delclòs.
– 1ª ed. – Zaragoza : Edelvives, 2006
122 p. : il. ; 20 cm. – (Ala Delta. Serie verde ; 56)
ISBN 84-263-6117-X
1. Galicia. 2. Misterio. 3. Segunda Guerra Mundial. 4. Abuelos.
I. Vila Delclòs, Jordi, il. II. Título. III. Serie.
087.5:821.134.2-32"19"

EDELVIVES

ALA DELTA

El último guardián

Marta Farias

Ilustraciones
Jordi Vila Delclòs

1

La abuela murió en el mes de mayo. Un mes extraño para hacerlo, el tiempo no acompaña. Parece que uno está más dispuesto a pensar en estas cosas las tardes de febrero, pero no en mayo. En mayo hace demasiado sol y todo está verde. Tal vez por eso no me sentí muy triste. O quizá fuera porque sólo tenía once años y apenas veía a la abuela un par de semanas cada verano.

Lo poco que sabía de ella era que se quedó viuda antes de nacer mi madre y que nunca volvió a casarse. Mi madre y yo íbamos al pueblo todos los veranos, en el mes de julio. Ella salía a la cerca del jardín a recibirnos, me besaba, comentaba lo rápido que crecen los niños y luego se metía en casa, en su habitación. La abuela tenía su mundo y en él no había sitio para un niño de mi edad. Además, yo tenía demasiadas cosas que hacer en sólo dos semanas como para preocuparme de lo que hacía ella y por qué.

A veces, cuando yo jugaba en la huerta, levantaba la cabeza y la veía asomada a la ventana, mirándome. Mi madre dice que, a su manera, la abuela nos quería mucho. Creo que lo dice para oírlo ella también.

El caso es que el que la abuela ya no estuviese no cambiaba mucho las cosas. Cuando llegara julio iríamos de todos modos a Galicia, a Freixe, a la misma casa de todos los veranos, cerca del mar. La abuela siempre había vivido en el mismo lugar.

Freixe es una aldea de la Costa de la Muerte. Durante casi todo el año llueve, llueve día tras día. Uno puede llegar a volverse loco a fuerza de no ver el sol, creo que más de uno ya lo está.

Apenas hay un centenar de vecinos, pero durante el verano se llena de turistas y familiares que vienen de todas partes, van con sus cámaras de aquí para allá, paseando por las cuatro calles del pueblo como quien pasea por un museo, hacen fotos a la iglesia, al mar y a las vacas. Por la noche se juntan en tropel en el bar de Santiago, que también es tienda de todo un poco y oficina de correos, a tomar tapas y vino verde.

En el pueblo también hay un pazo, el de los Monsagre. Es un enorme caserón de piedra que lleva ni se sabe cuánto tiempo cerrado. No creo que tenga fantasmas; es una pena. Lo que sí tiene, a parte de muchos años, es un borracho con la mirada turbia y la cara abotargada como una rodaja de mortadela, que lo guarda día y noche. Se llama Zoilo. Nadie sabe lo que guarda con tanto interés, ni por qué nunca deja que nadie cruce la verja, porque el edificio, el jardín, todo está completamente abandonado y dentro no hay nada que valga la pena.

Así es el sitio donde he pasado siempre mis vacaciones y donde fui también este verano. Mi madre tenía que recoger las cosas de la abuela, arreglar papeles, encargar unas misas y hacer todo eso que se hace cuando alguien muere. No sé por qué me dio por pensar que el verano que comenzaba no sería como los anteriores, y di en el clavo.

Debería presentarme. Me llamo Diego, vivo en Madrid, en uno de esos barrios que están lo bastante lejos del centro como para ser tranquilos y, a la vez, lo bastante cerca como para tragarte el atasco de entrada y salida a las horas punta. Mi madre es enfermera y trabaja en un gran hospital. No es la típica madre que te agobia con preguntas como «¿de dónde vienes?, ¿con quién has estado?», como hacen otras madres. Tal vez sea porque cuando vuelve a casa del trabajo está tan cansada que no puede ni hablar; yo prefiero pensar que no me pregunta porque confía en mí. De todas formas, aunque no le cuente muchas cosas, siempre parece saber lo que pienso, y tiene sus normas, que son difíciles de esquivar.

Mi padre no vive con nosotros, le veo los domingos, salimos a comer o me lleva al cine… Se esfuerza. No es mal tipo. Siempre termina por hacer lo que le pido. Él sí que pregunta por el cole, por los amigos, por mamá… Creo que en el fondo se siente culpable por haberse ido de casa.

Dicen mis profesores que tengo que aceptar el divorcio de mis padres y dejar de hacer el vago. No sé qué tienen que ver mis padres en ese asunto; yo no hago el vago, lo que pasa es que me aburre lo que me cuentan en el colegio. Prefiero pensar en otras cosas.

La vida de un chico de ciudad que tiene once años y vive solo con su madre no es muy emocionante. Por eso cuando mi madre me dijo que, además de su mes de vacaciones, iba a pedir algunas semanas de permiso para poder organizar con calma las cosas de la abuela, que adelantaríamos la fecha del viaje y que nos iríamos nada más terminar el curso, me faltó tiempo para empezar a preparar mi mochila. La ciudad no está mal, puedes ir al cine, a algún centro comercial o al parque a jugar al fútbol, pero no es nada comparado con las cosas interesantes y prohibidas que pueden hacerse en un sitio como Freixe. Nada.

2

Llegamos en tren a la estación de Cee y allí cogimos el autobús de línea hasta el cruce de Lires. Aún tuvimos que recorrer el último trecho del viaje a pie. No es que sea mucho, desde la parada del autobús hasta la casa de mi abuela no hay más de medio kilómetro, pero con la mochila, las bolsas y arrastrando el enorme maletón de mi madre, el camino se me hizo interminable.

La abuela, claro, no estaba esperándonos. Qué sensación más extraña, como de vacío. Durante un rato pensé que iba a aparecer en cualquier momento. Creo que a mi madre le pasaba lo mismo porque abría cada puerta muy despacio como si esperara encontrarla. Después de vagar por la casa nos sentamos en los escalones de la entrada. Me di cuenta de que mi madre estaba llorando, despacio, sin hacer ruido. No se me ocurrió otra cosa que abrazarla. Me acarició la cabeza durante un rato y después cogió aire, mucho aire, se levantó y dijo:

—Venga, tenemos trabajo que hacer.

Ya no lloraba.

Abrimos las ventanas para que entrara el aire fresco, pusimos sábanas en las camas y deshicimos las maletas. Después, mi madre dijo:

—¿Me acompañas?

Fuimos paseando despacio, hasta el cementerio. Allí estaba la abuela, al lado del abuelo, como siempre había dicho que le gustaría estar. Mi madre arregló unas flores que llevaba y se quedo un rato como pensando. Después me miró, sonrió y dijo:

—Vamos, hay que parar en la tienda de Santiago antes de que cierren, no tenemos nada para cenar.

Mi madre es así, tiene siempre controlados los pequeños detalles que hacen la vida más fácil. Puede estar en el cementerio delante de la tumba de la abuela pero no se olvida de que hay que comprar huevos y patatas para la cena.

Al día siguiente de nuestra llegada fui a ver a Martín. Él es mi mejor amigo. No nos vemos mucho, sólo durante las vacaciones, pero no me imagino haciendo nada interesante si no lo tengo al lado.

Martín vive en Freixe todo el año. Va al colegio en Cee, un pueblo más grande que está a diez kilómetros. Cuando no tiene clase ayuda a su padre en el taller. A él le gustaría reparar ferraris o porches, pero tiene que conformarse con los tractores de los vecinos.

Martín es el cuarto de cinco hermanos. Familia numerosa, como las de antes. Para mí sería estupendo de no ser porque los otros cuatro son chicas, esos bichos raros que huelen bien pero a los que no hay forma de entender.

Me encontré a Martín subido a la valla. Estaba esperándome.

—Hola.

—Hola.

No era un saludo muy efusivo. La verdad es que después de casi un año sin ver a Martín me apetecía abrazarle pero no lo hice. No quiero que me llamen nena.

Iba vestido con la misma camiseta negra de los AC/DC que llevaba el verano pasado, pero le había cortado las mangas y, por el agujero de la sisa, se le veía hasta el ombligo. Desde luego, no tiene el aspecto que una madre querría para su hijo: está reñido con el peine y la ducha diaria, le encanta decir palabrotas y no es precisamente un empollón; pero es el mejor tipo que conozco. Somos amigos desde que puedo recordar y muchas veces ni siquiera necesitamos hablar para entendernos.

—¡Cuánto tiempo!

—Ya ves.

Lo bueno de Martín es que enseguida parece que la última vez que le viste fue ayer. Es como si no hubiera pasado un año desde el verano anterior.

—Siento lo de tu abuela.

Se notaba que lo decía siguiendo las indicaciones de su madre.

—Ya, bueno —dije.

—Si quieres te acompaño a verla —esto sí era suyo.

—Gracias, ya fui ayer con mi madre.

Echamos a andar por la cuesta de la fuente, charlando mientras comíamos pipas, y escupíamos las cáscaras. En realidad charlaba yo sólo, contándole cosas del colegio, de lo que había hecho estos meses..., pero tenía la sensación de que no estaba escuchándome. Caminaba mirándose los pies. Suele hacer eso cuando hay algo que le preocupa.

De pronto se paró y dijo agarrándome del brazo:

—¿Tu madre va a vender la casa?

Lo soltó así, de sopetón, y me dejó de piedra.

—¿Por qué dices eso?

—No lo sé, es lo que suele hacer la gente en estos casos, y tal vez no vuelvas el próximo verano.

Era una posibilidad que ni se me había ocurrido, algo en lo que no había pensado hasta ahora y que no me gustó. La casa de mi abuela, todos sus rincones, sus secretos, era algo que me pertenecía desde siempre. Mi madre no podía pensar en venderla. Traté de alejar estos pensamientos.

—Espero que no. Creo que de momento sólo quiere recoger las cosas de la abuela. Ya sabes, poner un poco de orden, limpiar; ese tipo de tareas.

—Lo que dices suena bien, tal vez podríamos echar un vistazo. En las casas de la gente mayor puedes encontrar cualquier cosa.

—No creo que mi abuela guardara nada interesante. Pero sobre todo, no creo que mi madre nos deje andar enredando por ahí.

—Tu madre no tiene por qué enterarse, a veces es mejor no pedir permiso. Si no saben lo que haces no pueden prohibírtelo. Podemos echar un vistazo en el desván

Me estaba haciendo el desinteresado pero no era mala idea. La abuela nunca me había dejado subir allí y ésta era la ocasión de poder registrarlo todo. Acepté. Además, Martín tenía razón, tal vez éste fuera el último verano en casa de la abuela.

3

Martín y yo quedamos para la tarde siguiente, a la hora de la siesta. Entramos en casa. Mi madre estaba sentada en la butaca de la galería, se había tapado con una vieja manta y parecía dormir; o tal vez miraba el mar. Por un momento creí ver a la abuela. Nunca me había fijado en lo mucho que se parecían.

—Mamá, ha venido Martín, vamos a subir a jugar al desván.

Desde la galería llegó un ruido sordo, algo que bien podría interpretarse como un «bien, pero no enredéis mucho». Sin esperar instrucciones más precisas, subimos por la escalera del desván y abrimos la trampilla. Olía a cerrado, a humedad y a esas bolitas de naftalina que la abuela ponía en todos los armarios.

Abrí la contraventana del pequeño tragaluz y los rayos del sol se colaron hacia dentro, abriéndose paso entre el polvo y las telarañas. Por todas partes se amontonaban cajas, baúles y cestas repletas de ropa vieja, libros amarillentos, herramientas para trabajar en el campo de esas que ya nadie usa, una vajilla del año de la pera toda descascarillada, cajas y cajas llenas de papeles, documentos y fotos en color sepia.

Martín y yo recorrimos el desván abriéndolo todo y sacando de su escondite un sinfín de antiguallas.

—¡Esto es alucinante! No me extraña que la abuela no me dejara subir nunca. ¡Hay que ver lo que tenía aquí guardado!

Hurgando en una vieja alacena que estaba arrumbada en un rincón, dimos con una caja de cartón. Tenía una espesa capa de polvo, debía de llevar allí doscientos años. Dentro encontramos los aparejos de pesca más viejos

que he visto en mi vida. También había un marco con una foto de un chaval de unos diez años más o menos, llevaba boina y unos zuecos de madera de esos para andar por el barro. Iba hecho un auténtico paleto.

—Este debe de ser tu abuelo. Es igual de feo que tú —dijo Martín mientras jugaba con la caña de pescar.

Miré la foto con curiosidad. Era cierto, el chaval era idéntico a mí. Sentí un escalofrío. Busqué a mi alrededor un sitio apropiado. Al final coloqué la foto encima de la alacena, no podía dejar de mirarla.

—Mira —la voz de Martín me trajo de nuevo a la realidad—, aquí hay algo interesante.

Había sacado del fondo de la caja un pequeño cuaderno, atado con una cinta. Soplé con fuerza sobre él para quitarle el polvo, desaté la cinta y al hacerlo algo cayó al suelo. Era un papel viejo y amarillento, parecía que con sólo mirarlo se iba a hacer añicos. Le faltaba un trozo, como si alguien lo hubiera rasgado por la mitad. Tenía algo escrito en alemán, o al menos eso parecía.

No le di más importancia.

Abrí el cuaderno y leí en la primera página: «Diario privado de Teo Murias».

—¡El diario de mi abuelo! Fíjate en la fecha: 1945. ¡En plena guerra mundial! Siempre me han gustado las historias que hablan de esa época, las películas de submarinos y de grandes batallas aéreas…, incluso me regalaron un libro por mi cumpleaños.

Mi abuelo debía de ser más o menos de nuestra edad cuando escribió esto.

—Ahí dice que es privado, no deberíamos leerlo.

—Pero ¿qué dices? Mi abuelo lleva muerto más de cuarenta años, no creo que le importe que echemos un vistazo.

Sin pensarlo dos veces abrí el diario por una página, al azar, y comencé a leer…

4

15 de abril de 1945

Hemos pasado la tarde en el bosque de castaños, el que está en los terrenos del pazo de los Monsagre. Si bajas por el camino de la fuente hasta el acantilado te parece que has llegado al final de la tierra. A tu espalda los castaños te esconden del resto del mundo, tapando incluso las luces del viejo caserón, y a tus pies se extiende el mar, enorme, chocando furioso contra las rocas muchos metros por debajo. A medio camino entre las olas y los castaños hay un saliente. Una repisa de piedra que cuelga del acantilado como un balcón. Hasta ahí hemos abierto un camino el Capitán y yo. Un camino que baja casi en vertical agarrándose a las rocas y ocultándose entre los tojos. No ha sido fácil, nos ha llevado casi una semana pero ahora tenemos nuestro refugio. Nadie puede encontrarnos.

16 de abril de 1945

Hoy casi no logramos llegar al refugio. Están cercando los terrenos del pazo. No sé para qué, porque no tienen vacas ni cerdos ni nada parecido. A lo mejor es que no quieren que entre nadie. Hemos tenido que esperar escondidos a que los mozos que levantan la cerca se marcharan para poder bajar por el acantilado sin que nadie nos viera.

Mañana vendremos de noche.

17 de abril de 1945

En realidad debería escribir 18 de abril, porque sólo faltan un par de horas para que ama-

nezca. Llevo un rato aquí, en mi cuarto, pensando, y todavía no sé si lo que voy a escribir ha ocurrido en realidad o lo he soñado.

Acabo de oír cantar al gallo.

Ayer, fuimos por la noche al refugio. Tuvimos que salir por la ventana sin hacer ruido. Al Capitán le llevó más tiempo porque su familia vive en una casa muy pequeña y duermen todos en la misma habitación, encima del establo. Su madre tiene el sueño muy ligero y es imposible moverse sin que se despierte; así que, cuando consiguió llegar al camino de la fuente, la luna ya estaba muy alta.

Nos encontramos en la linde del bosque. Yo llevaba pan, un poco de chocolate, unas cerillas y una manta vieja. El Capitán una lamparilla de alcohol y dos cigarrillos que le había cogido a su padre.

Teníamos todo lo que podíamos necesitar para pasar una buena noche. Sin embargo, sucedió algo muy extraño. No tengo muy claro qué ocurrió, pero sí sé que, fuera lo que fuese, no podemos contárselo a nadie.

Estoy cansado, no puedo seguir escribiendo, aunque tampoco creo que pueda dormir.

19 de abril de 1945

Han pasado dos días. He intentando poner en orden los hechos tal y como ocurrieron.

Veamos. El Capitán y yo fumábamos en la repisa del acantilado. Nadie, aunque pasase a escasos metros de nuestro escondite, sería capaz de vernos. Desde nuestra posición se veía un gran trecho de costa, casi hasta el cabo de Touriñán. A nuestros pies oíamos las olas batiéndose con fuerza contra el acantilado. El cielo estaba despejado y podían contarse las estrellas. Era una noche perfecta.

Entonces sucedió.

Recortada sobre el fondo oscuro del mar vimos una gran sombra que no debía estar allí. No era una roca, conocíamos la costa. Si hubiese sido un barco pesquero tendría las luces de posición. Pero aquello, fuera lo que fuese, estaba completamente a oscuras. Sólo podía tratarse de una cosa: un barco de guerra que no deseaba ser visto. Lo más probable es que fuera un submarino alemán. Los partes de guerra de la radio hablan casi todos los días de las visitas de los alemanes a nuestras costas. Vienen a repostar y nosotros hacemos la vista gorda. Éste, sin embargo, no quería dejarse ver. Intentaba pasar desapercibido. Se escondía.

Un instante después oímos el ruido de unos botes que se aproximaban a la costa. Nos sentamos de golpe y con la mirada nos lo dijimos todo: «¡no hagas un solo ruido!».

En un momento los botes salvaron la playa y la arena se llenó de soldados que parecían surgir de la oscuridad. Gracias a la luz de la luna, pudimos ver sus uniformes con claridad. Eran alemanes.

La costa en esta región no es lo que podría decirse recta: entra y sale continuamente formando una línea serpenteante que permite enfrentar los acantilados entre sí. Es por eso que desde nuestro refugio, en un saliente, teníamos una visión perfecta de lo que ocurría en la playa y en el bosque de castaños. Así pudimos ver cómo un grupo de hombres se desplegaba rápido por el bosque y otros subían hasta el caserón. Parecía que conocían perfectamente el terreno. Entre ellos destacaba uno que no tenía pinta de militar, iba envuelto en una elegante gabardina y hacía esfuerzos por no tropezar en la oscuridad.

Casi enseguida, apareció otro grupo que arrastraba una enorme caja de madera. La subieron por el acantilado arriba, utilizando unas gruesas cuerdas, hasta donde la pendiente deja de ser vertical y comienza el bosque. Después la metieron en una pequeña gruta que hay medio oculta entre los castaños y las rocas, dentro ya de los terrenos del pazo, y trabajaron durante más de una hora moviendo las piedras para tapar la entrada. Al final la gruta quedó totalmente sellada. Tres enormes piedras de forma alargada y puestas una encima de la otra tapan ahora la entrada de la cueva.

La pierna se me había quedado dormida hacía media hora y estaba más ocupado en no hacer ruido que en lo que pasaba fuera de nuestro escondite. Entonces el Capitán llamó mi atención, señalando en silencio media docena de barcos que aparecieron en el mar, doblaron el cabo Touriñan y se situaron en abanico frente al submarino.

Los soldados sí debieron percatarse de lo que ocurría porque de pronto se pusieron muy nerviosos. Se reagruparon cerca de la gruta, formaron en fila de a cinco, se cuadraron frente al

hombre de la gabardina y saludaron con el brazo en alto, como los nazis. Luego fueron hacia los botes. Aquel hombre no volvió a embarcar, permaneció allí, quieto, en la orilla, y al cabo de un rato dio media vuelta y comenzó a subir por la pendiente hacia el caserón.

No entiendo por qué los alemanes embarcaron de nuevo en el submarino y abandonaron la seguridad que ofrecía la costa sabiendo que los estaban esperando.

Desde el acantilado contemplamos el fin del submarino alemán. Tan pronto como salió a mar abierto, unas pequeñas luces surgieron de la oscuridad deslizándose a toda velocidad casi rozando la superficie del agua. Seguro que eran Sunderland británicos, aviones caza-submarinos. Le estaban esperando y él lo sabía. No intentó sumergirse, no hizo ninguna maniobra para escapar. Navegaba en superficie y como un lobo acosado que enseña los dientes por última vez recibió a los cazas con toda su potencia de fuego.

Desde el acantilado, con el corazón en la garganta, el Capitán y yo oímos el ruido del combate acompañado de destellos de luz que ilumi-

naban el horizonte. Después de la primera pasada de los cazas, el fuego antiaéreo del submarino pareció disminuir y al poco tiempo cesó por completo. Los aviones Sunderland habían hundido el submarino, lo habían mandado al fondo del mar en unos pocos minutos que a nosotros nos parecieron una eternidad.

Nos quedamos un rato sin decir nada, esperando a que se oyese algo, pero el único ruido que escuchamos fue el de las olas al chocar con la pared del acantilado.

El mundo entero está en guerra, y que los unos disparen a los otros digo yo que tendrá su explicación. Desde luego no es la primera vez que buques de guerra se lían a cañonazos delante de nuestro pueblo. Lo que no logro imaginar es qué puede haber en la caja que escondieron en la gruta. Si sabían que no iban a volver a por ella ¿para qué demonios la dejaron allí?

La gente del pueblo se fue reuniendo poco a poco en la playa, atraída por el ruido del combate, pero nadie nos vio, nadie vio la caja y nadie se cruzó con el hombre de la gabardina.

Éste será nuestro secreto. Creo que nunca hemos tenido uno así.

20 de abril de 1945

Desde ayer el mar no para de traer a la playa restos del submarino hundido. Incluso han aparecido los cuerpos de dos soldados. Eran alemanes.

No es una novedad. Más de una vez los hombres del pueblo han tenido que salir en plena tormenta a rescatar supervivientes de algún combate en alta mar. Otras veces sólo a recoger cadáveres.

En el pueblo no se habla de otra cosa. Creo que a los muertos van a enterrarlos mañana. Con ellos ya son seis las tumbas de soldados alemanes que hay en el cementerio desde que comenzó la guerra.

El Capitán y yo no hemos hablado con nadie de lo que vimos desde nuestro refugio secreto. Hemos hecho un pacto de silencio, un oscuro juramento, de los buenos; entre otras cosas porque, si mi padre se entera de que me escapé por la ventana y fui al acantilado en plena noche, me mata. De todas formas, nadie parece saber de la existencia de la misteriosa caja, ni tampoco del hombre que no volvió a embarcar en el *submarino. Es extraño, porque en un pueblo tan pequeño como éste la estancia de un forastero no es fácil de ocultar. Sólo hay dos explicaciones posibles: o salió del pueblo por la carretera de la costa antes de que los curiosos llegaran al acantilado o todavía está allí, en algún lugar del pazo, escondido, esperando.*

Estoy seguro de que la clave de todo está en esa caja que han escondido en la gruta. Tenemos que intentar entrar allí y abrirla. No va a ser fácil porque desde ayer unos enormes perros pasean por los terrenos del pazo y patrullan la cerca recién construida como auténticos guardianes. Es imposible acercarse a cien metros sin que te descubran y ladren como si tuvieran al mismísimo demonio dentro.

El Capitán y yo no contaremos a nadie lo que vimos. Resolveremos el misterio nosotros solos.

5

El diario no terminaba ahí, pero por más que leímos no volvimos a encontrar ni una palabra que hiciera referencia a la caja, ni al hombre misterioso. Parecía que a fuerza de querer mantener el secreto se hubiera olvidado de él.

Permanecimos en silencio, sin hablar. Los dos pensábamos lo mismo: seguro que la caja seguía allí. Después de un rato dije:

—Creo que deberíamos buscarla.

—Sabía que ibas a decir algo parecido. Te falta tiempo para meterme en líos.

Martín es así, prefiere pescar en la orilla antes que salir a navegar. Se piensa las cosas dos y tres veces, y le cuesta seguirme en algo si cree que vamos a salir escarmentados. Pero en esto se equivocaba, no había ningún riesgo. No íbamos a hacer nada malo. Bueno, eso si pasamos por alto que pretendíamos colarnos en el pazo y buscar una caja que no nos pertenecía.

—Vamos, no seas gallina. Esa caja lleva ahí más de cincuenta años sin que nadie la reclame. ¿No te das cuenta de que puede tratarse de algo muy serio?

—Nos la vamos a cargar.

—¿Por qué? No vamos a hacer daño alguno a nadie.

—Pues sólo faltaría. ¿Tú no has oído hablar de la propiedad privada? ¿Te parece poco colarte en un terreno que no es tuyo y ponerte a rebuscar cosas ajenas aunque lleven un siglo escondidas?

Martín tenía razón. Lo intenté de nuevo:

—Pero, ¿y si hay un tesoro?

—Si hubiera algo que valiera dos duros alguien ya se habría molestado en sacarlo.

Seguro que, sea lo que sea, está mucho mejor enterrado.

—Mejor me lo pones. Tal vez es algo tan horrible que nadie se ha atrevido nunca a tocarlo. Algo como una enorme bomba de relojería nazi, preparada para estallar y mandar todo a tomar vientos y…

Martín me miraba como si yo fuese tonto.

—Pero no tenemos nada mejor que hacer, y el verano es muy largo y si mi madre termina por vender la casa puede que hasta sea el último.

—En eso tienes razón.

Martín empezaba a ceder.

—Entonces, ¿de acuerdo?

—¿Cómo piensas entrar en el pazo?

—No te preocupes, ya pensaré algo.

Pero no era tan sencillo. Colarse en el colegio un sábado por la mañana era fácil y, si te pillaba el bedel, corrías por el pasillo riéndote como un idiota y no pasaba nada. Pero esto no era una travesura de chiquillos. En el pazo vivía Zoilo, y no era una buena persona. Si nos pillaba no nos iba a regañar, nos pegaría un bofetón con todas sus ganas para que doliese, para hacernos lamentar el habernos colado en su pazo. Zoilo dentro de su finca tendría la excusa perfecta para excederse en su castigo. Era capaz de hacerse el loco y pegarnos un tiro con la escopeta de cartuchos. Me lo imaginaba sonriendo mientras decía a la policía que, en la oscuridad, nos había confundido con unos ladrones. Era un tarado, y de los peligrosos. Con él era mejor no andarse con tonterías.

Estaba claro que engañar a Zoilo no iba a ser tarea fácil. No es que tuviera muchas neuronas pero las pocas que tenía las usaba para impedir que nadie entrara en la casa. Siempre había vivido en el pazo y su única ocupación había sido vigilarlo; primero, ayudando a su padre, el antiguo guardés, y ahora, solo. Ni el peor de los temporales era capaz de hacerle abandonar su tarea.

Esa misma tarde, Martín y yo recorrimos los alrededores de la finca buscando la manera de entrar. Los perros de los que hablaba el abuelo en su diario ya no existían, pero la cerca no parecía tener sesenta años. Estaba como nueva. No había un miserable agujero por donde colarse.

—Deberíamos romper la cochina valla y entrar.

—Eso es allanamiento de morada, si nos pescan vamos al cuartelillo.

—Y ¿qué pasa? ¿Es que si entramos sin romper nada van a darnos las gracias?

—No, pero siempre tendríamos una excusa, podríamos decir que se nos coló un balón o algo así.

—Entonces, ¿qué propones?

—Lo mejor será esperar a que Zoilo se vaya. En algún momento tendrá que salir, aunque sea a comprar tabaco. Entonces podremos colarnos saltando desde el castaño de la entrada.

Era un buen plan.

Durante casi cuatro días hicimos guardia en lo alto de una loma.

—Estamos esperando como dos idiotas. A lo mejor no sale nunca de su casa.

—Tendrá que salir algún día a comprar tabaco o comida.

Las nubes se arremolinaban y se deshacían sobre nuestras cabezas.

Yo sonreía de felicidad ante la aventura que se cernía sobre nosotros.

El sábado y el domingo pasaron sin darnos apenas cuenta. Zoilo iba de la casa al gallinero y del gallinero a la casa, pero no parecía que fuera a ausentarse.

El lunes por la mañana, por fin, la suerte pareció sonreírnos. Zoilo apareció por la puerta del granero, llevaba puesto un gorro de cuero y una enormes gafas de motorista.

Se montó en una vieja moto de campo y salió de la finca haciendo un ruido impresionante.

Era día de mercado. Estaba claro que su intención era bajar al pueblo a buscar provisiones y a discutir con algún vecino que cometiera el error de darle conversación.

No volvería hasta el mediodía, y con toda seguridad bebería más vino del que era capaz de aguantar.

Disponíamos de tres horas para recorrer la finca a nuestro antojo. Dejamos las bicis escondidas detrás de unos matojos. Trepamos

al castaño y permanecimos allí encaramados un buen rato, viendo el enorme caserón y escuchando el rugido del mar que venía del acantilado.

—Venga, no podemos perder más tiempo. Zoilo puede volver en cualquier momento.

Salté sobre la mullida hierba y esperé a que Martín se descolgara de la rama.

—Te está creciendo el culo, pareces una niña bajando del árbol. ¡Salta de una vez, gordo!

Mucha camiseta negra y pocas agallas...

Dentro de la finca todo parecía abandonado, no había rodadas de tractores o plastas de vaca. La hierba y los cardos de otras primaveras nos cubrían más arriba de la cintura y teníamos que avanzar protegiéndonos con los brazos. Bordeamos el enorme caserón. Las ventanas estaban cerradas y los postigos bajados. Todo estaba viejo, olía a humedad.

—Ya estamos aquí —dijo Martín—. Y ahora ¿qué hacemos? En el diario de tu abuelo no aparece ninguna indicación de cómo encontrar la caja.

—Lo sé, pero si mi abuelo y su amigo vieron guardar la caja desde su escondite es ahí por donde debemos empezar.

—¿Por dónde? No entiendo nada.

—Tenemos que localizar el saliente del acantilado, el refugio de mi abuelo.

Caminamos hacia el mar, por entre los castaños, con las orejas atentas al regreso de Zoilo. Cuando llegamos al borde del acantilado, el pequeño bosque de castaños nos ocultaba casi totalmente de alguien que mirase desde el caserón o desde la entrada de la finca. Buscamos algún sitio por donde poder bajar, pero el tiempo y la maleza se habían encargado de borrar cualquier indicio de algo que se pareciera a un camino.

—Es imposible. Como intentemos bajar vamos a matarnos.

Buscaba a mi alrededor tratando de encontrar una pista que nos indicara dónde había estado el refugio de mi abuelo cuando, de pronto, algo me llamó la atención. A unos treinta metros de donde nos encontrábamos había tres piedras enormes, de forma alargada y colocadas una encima de la otra. ¡Tal como describía el abuelo en su diario! ¡La entrada a la gruta!

—¡Martín! ¡Mira!

No podía ni hablar, señalé con un dedo las piedras y Martín casi se cae de culo al verlas.

—¡Es lo que decía tu abuelo en su diario! ¡La entrada de la cueva!

Se le habían pasado de golpe todos los miedos, parecía capaz de enfrentarse a mamporros con cincuenta Zoilos que se presentaran allí.

—Sí, muy emocionante.

Mi voz sonó desencantada. De pronto tenía la sensación de que nuestra aventura acababa ahí.

—Pero ¿qué te pasa ahora? Hemos encontrado la cueva. ¿No te das cuenta de que ya casi lo tenemos?

—¿Y tú no te das cuenta de que cada una de estas piedras pesa mucho más que tú y que yo juntos? ¿Cómo vamos a moverlas?

El entusiasmo de Martín se desinfló como un globo. Se dejó caer en la hierba y se tapó la cara con la gorra.

—¡Mierda! —fue todo lo que dijo. Se levantó y soltó—: Pues, hala, vámonos a casa, que me ha entrado hambre.

Así es Martín, si no se puede, no se puede. Y no se complica más.

—¡Ni hablar! No podemos rendirnos ahora que estamos tan cerca. Si un preso puede cavar un agujero durante años con una cucharilla para escapar de su celda, nosotros tenemos todo el verano para sacar la dichosa caja.

Me acerqué a las enormes piedras y traté de moverlas. Era del todo imposible. Cada piedra debía pesar por lo menos doscientos kilos y estaba perfectamente encajada en su lugar.

Pero los vendavales del noroeste habían jugado a nuestro favor. Las piedras estaban en la misma posición desde hacía sesenta años, pero la tierra de alrededor había sido arrastrada por la lluvia y dejaba ver a un lado de las rocas una grieta, un punto débil en la sólida estructura que nos cerraba el paso. Di una patada y la tierra, reblandecida por las lluvias, cedió. Entonces, con unos palos, en poco tiempo, logramos abrir un agujero lo suficientemente grande como para pasar a través de él.

—Saca la linterna, ahí dentro no se ve nada —dije jadeando de cansancio.

—Sí, claro, siempre llevo una encima.

La voz de Martín sonaba asustada y he de reconocer que yo tampoco estaba tranquilo. Metí la cabeza por el agujero que acabábamos de abrir y traté de ver algo. La oscuridad era total. Entré con dificultad y ayudé a Martín a pasar. La sensación era la misma que cuando juegas al escondite y te escondes en el armario. El sitio no era mucho más grande. Apenas podíamos movernos. Estaba húmedo y hacía frío.

—No quiero ni pensar en la clase de bichos que puede haber aquí dentro —dijo Martín—. Rápido, busquemos la caja y salgamos de inmediato.

—Creo que ya la has encontrado —dije.

Los ojos se nos iban poco a poco acostumbrando a la escasa luz que se colaba por el agujero de la entrada, y ya era fácil distinguir lo que había dentro. Martín estaba medio sentado sobre lo que parecía una caja. Una caja grande, de madera, remachada con clavos y cubierta de polvo.

En la parte superior todavía se podían leer unas palabras en alemán. Bueno, seguro que era alemán porque ninguno de los dos entendíamos ni palabra de lo que ponía. Una gran cruz gamada, medio borrada por la humedad, estaba dibujada sobre el lateral.

¡Una enorme caja de madera escondida por los nazis en plena guerra mundial! No sé por qué me asusté.

A Martín parecía no importarle: clavaba la punta de los dedos como un poseso en la tapa, como cuando intentas abrir un bote de nocilla y no puedes.

—Seguro que es un tesoro —decía—. ¿A qué esperas? ¡Ayúdame!

Intentamos abrirla pero ni siquiera podíamos movernos nosotros. Aquello era un agujero estrecho y agobiante en el que costaba trabajo hasta respirar.

—Tenemos que sacarla como sea —dije, y pasé por encima para colocarme detrás—. ¡Vamos, sal e intenta tirar mientras yo empujo!

—Esto pesa como un muerto. ¿Estás seguro de que no hay uno dentro?

—No digas idioteces y ayúdame, Martín.

Empujamos, resoplamos, sudamos y blasfemamos, pero nada de esto hizo que la caja se moviera un milímetro.

—Es imposible, tendremos que abrirla aquí dentro. Necesitamos unos alicates.

—Eso, siempre llevo unos encima, además de una linterna, claro —dijo Martín que empezaba a perder la paciencia.

De pronto, se quedó con los ojos abiertos como una lechuza y me puso la mano en la boca para que callara. Entonces yo también lo oí: el lejano ronroneo de una moto acercándose por el camino.

—¡Es Zoilo! —exclamé—. ¡Nos ha pillado! ¡Corre antes de que llegue al pazo o no podremos salir!

Nos arrastramos por el agujero a toda velocidad. El corazón se nos salía por la garganta.

—¡Corre! —grité, y salí disparado por entre los árboles hacia la entrada.

A mi espalda oía resoplar a Martín.

—¡Diego! ¡El castaño!

—¿Qué dices? ¡Calla y corre!

Llegamos a la puerta y, de golpe, comprendí lo que Martín trataba de decirme. El castaño que habíamos utilizado para entrar ahora estaba al otro lado de la cerca. Estábamos perdidos.

—Hay que bajar por el acantilado —dijo Martín mirándome con la cara desencajada.

—Pero ¡qué dices! ¿Estás loco? Nos mataríamos. Tú agáchate y sígueme.

No tenía ni idea de cómo salir de allí pero por nada del mundo iba a admitirlo. Me arrastré por entre las zarzas, arañándome, buscando un agujero en la cerca. Era como esperar un milagro. Y de pronto sucedió.

A pocos metros de la puerta, a ras de suelo, la cerca se había oxidado y quién sabe si un perro o un jabalí, a fuerza de empujar, había roto un par de juntas de la alambrada. El hueco era pequeño pero suficiente para pasar.

Zoilo había llegado ya al garaje y, alertado por el ruido, se acercó a tiempo de vernos desaparecer como ratones por el agujero de la valla. Cuando quiso reaccionar, Martín y yo ya volábamos pedaleando cuesta abajo.

¡Cómo alegra una escapada así, a toda velocidad, con el viento en la cara!

—A ver si nos coges —gritó Martín.

Entramos en el pueblo como alma que lleva el diablo, atravesamos la plaza pedaleando sin parar. Sólo cuando nos vimos en el jardín de la abuela nos atrevimos a volver la cabeza. Zoilo no nos había seguido. Con un poco de suerte ni siquiera nos había reconocido. Soltamos las bicis y nos dejamos caer en la hierba.

—Casi nos cogen. Nos libramos por los pelos.

—¿Crees que sabrá quiénes somos?

Si Zoilo nos había reconocido y se lo decía a nuestros padres, malo, pero si decidía tomarse la justicia por su mano, entonces sería mucho peor. No era una persona con la que se pudiese bromear.

—Bueno —dijo Martín—, pues aquí acaba nuestra aventura.

—¡Qué dices! ¿Pretendes dejar esa caja ahí dentro, ahora que ya sabemos donde está?

—Zoilo nos ha visto, a lo mejor aún no sabe quiénes somos pero no tardará mucho en

averiguarlo. Si piensas que va a dejarlo pasar es que no le conoces.

—Si me dejas solo en esta aventura serás un hijo de…

Mientras lo decía me acordé de que a Martín no se le puede mentar la madre.

Demasiado tarde. Sin mediar palabra me soltó un puñetazo en las narices.

Me lo merecía, pero mi honor estaba en juego.

—Eres un gallina.

Puse cuidado en dejar a su madre en paz, me habría vuelto a zurrar, seguro. Le odie y me puse a andar hacia mi casa, pero me detuve a los pocos metros.

Nos quedamos un rato callados. ¡Qué narices! Teníamos un tesoro entre las manos. No era el momento de hacernos los ofendidos.

—Bueno ¿qué? ¿Me perdonas o voy a tener que esperar durante mucho tiempo? —le reproché.

Martín me miró con el gesto torcido.

Todo iba bien.

—Escucha un momento, llevamos ventaja. Zoilo no sabe qué hacíamos en el pazo.

Igual se piensa que entramos a robarle los tomates.

—Sé que esto va a acabar mal —dijo Martín, pero estaba dispuesto a seguirme, como siempre.

—Mira, está claro que no vamos a poder sacar la caja de la cueva, así que tendremos que abrirla dentro. Esperaremos un poco para que Zoilo se olvide del asunto y entonces entraremos. Mientras tanto podemos ir reuniendo las cosas que nos hagan falta. Necesitaremos un par de linternas. También herramientas para poder levantar los clavos de la tapa, nuestras mochilas para llevarnos lo que encontremos y... No sé, ya pensaré si hace falta algo más.

Martín se levantó, cogió su bici y empezó a pedalear cuesta arriba hacia su casa. Yo me quedé allí, tumbado en la hierba. Las nubes se movían rápido y empezaban a juntarse, no tardaría en caer agua. Martín había llegado al final de la cuesta, le dije adiós con la mano y le vi doblar la esquina. Entré en casa y no pude evitar mirar hacia atrás antes de cerrar la puerta. Empezaba a llover.

Aquella noche hubo tormenta. El mar embestía contra los acantilados y el viento golpeaba sin descanso las ventanas de mi habitación. Mi madre había apagado la televisión y todo estaba en silencio. Recordé lo que había dicho Martín sobre vender la casa y de pronto sentí frío.

Zoilo se coló en mis sueños, me perseguía a la luz de la luna aullando como un perro. Noté el aliento de sus dientes verdes en mi nuca y me desperté sobresaltado. A través de la ventana el viento y la lluvia zarandeaban sin descanso los saúcos de la calle.

6

Después de una noche de tormenta el cielo amaneció sin una sola nube. Era un día de esos en los que uno se levanta y sabe que todo lo que va a ocurrir tiene que ser bueno. Los miedos y los malos pensamientos de la noche anterior parecían ahora muy lejanos. Me levanté pronto, me vestí y bajé a la cocina. Es increíble, pero por muy pronto que me despierte mi madre ya tiene preparado el desayuno. Ahí estaba, toda la casa olía a café recién hecho y a pan tostado.

—Ya era hora. Te estás perdiendo una mañana preciosa, la marea está baja y todavía no han llegado los turistas. Es el mejor momento del día para pasear por la orilla. Si quieres podemos bajar a la playa cuando acabes el desayuno.

—Ya, verás, había quedado con Martín. Si te parece dejamos el paseo para mañana.

—Claro —dijo, me acarició el pelo y se puso a fregar los cacharros de la pila.

Me sabía mal decirle que no, porque sabía que le vendría bien entretenerse un poco. En Madrid no parecía tan triste, pero desde que bajamos del tren era como si hubiera encogido un poco. Echaba de menos a la abuela y todo en la casa le recordaba a ella. Entonces me acordé de la conversación con Martín el día anterior y le pregunté:

—Mamá, ¿vas a vender esta casa?

Ella dejó de fregar, se volvió hacia mí y dijo:

—¿Por qué me preguntas eso?

—No sé, Martín dice que es lo que la gente suele hacer.

Mi madre se sentó a mi lado y durante un rato permaneció en silencio, dando vueltas en las manos a la taza que había estado fregando. Luego, como si de pronto se diera cuenta de que yo la estaba mirando, dijo:

—Recuerdo el día que empezaste a andar. Estabas debajo del castaño, en el jardín, te soltaste de mi mano y decidiste que era hora de intentarlo solo. No fueron más que unos pocos pasos, pero los distes justo ahí. Los mejores recuerdos de mi vida están unidos a esta casa: aquí jugué, crecí y me enamoré, aquí supe que venias al mundo y aquí vistes el mar por primera vez. No tengo intención de venderla. Creo que se lo debo a la abuela.

Me rascó la cabeza y sonrió. Mi madre tiene una sonrisa preciosa.

—Anda, termina de desayunar y no pienses en tonterías. Puedes estar seguro de que vas a ver a Martín muchos veranos todavía, si es eso lo que te preocupa.

¡Martín, casi lo olvidaba! Había quedado con él y ya llegaba tarde.

—Mamá —dije—, ¿sabes dónde puede estar la linterna de la abuela?

—Sí, está en el cobertizo, pero no tiene pilas. ¿Para qué quieres semejante cacharro? ¿No tienes tú una de bolsillo?

—Es que Martín y yo vamos a pasar la noche en el prado de su abuelo y necesitamos una linterna que alumbre de verdad.

—¿Lo sabe su madre? Me refiero a que durmáis en el campo.

—Sí —mentí—. A Martín le dejan.

Mamá no contestó. Nunca sé qué es mejor, que ponga pegas o que se calle y me mire con esa cara que pone cuando no se fía. Por si acaso terminé el desayuno en dos bocados y dije:

—Si quieres voy a la tienda a comprar el pan.

—Ya, y de paso te doy dinero para pilas.

La miré tratando de poner la cara más inocente que podía.

—¡Buena pieza estás hecho! Anda, toma.

Cogí el dinero y salí a la calle antes de que mi madre pudiera cambiar de opinión o se le ocurriera mandarme alguna tarea.

Martín estaba esperándome.

—No he podido conseguir una linterna pero tengo esto —dijo enseñándome un enorme destornillador—. Servirá para hacer palanca y abrir la caja. Se lo he quitado a mi padre.

—Bien, vamos a la tienda a comprar las pilas. A propósito, he dicho a mi madre que íbamos a acampar en el prado de tu abuelo. Creo que se lo ha tragado. Si te pregunta algo di que tu madre nos dio permiso.

—Vale —dijo Martín—. Y ¿cuándo se supone que vamos «de acampada»?

—Esta noche. Cuanto antes mejor. No daremos a Zoilo tiempo para pensar.

Montamos en las bicis y pedaleamos hasta la tienda. Compramos las pilas, el pan y nos sobró algo para chocolatinas. Martín siempre tiene hambre.

Nos sentamos a comer en la plaza y a ultimar los detalles de nuestra incursión.

Entonces, como un fantasma, Zoilo apareció doblando la esquina de la iglesia y cuando quisimos darnos cuenta estaba a nuestro lado. Llevaba un abrigo de cuero atado con una cuerda y medio sonreía enseñando sus enormes dientes verdes. Era la primera vez que le tenía tan cerca. Le había visto otras veces por las calles del pueblo rumiando maldades, pero no iban conmigo. Ahora su mirada buscaba la mía.

Intentamos no prestarle atención, disimular, pero caminaba dando vueltas a nuestro alrededor mirándonos fijamente, silbando una canción que me resultaba muy familiar. ¡Como para fingir que no le veíamos! De repente se marchó, tan sigiloso y rápido como había llegado, dejándonos allí sentados, en medio de la plaza sin saber qué pensar.

—Lo sabe —dijo Martín con la cara desencajada—. ¿Qué apuestas a que lo sabe?

—Calla, no me pongas más nervioso. Tenemos que hacerlo esta noche. Zoilo sospecha pero tal vez no haya descubierto la cueva. Vamos a casa o volveremos a encontrárnosle. Ya sabes: esta noche a las doce, al final de la cuesta de la fuente.

No sé por qué tenemos la estúpida manía de quedar siempre a esa hora. O llueve o hace frío y está tan oscuro... pero es la hora de las brujas y de los duendes y si tiene que pasar algo interesante seguro que pasa entonces. Caminas en silencio entre las casas y nadie puede imaginarse que haya alguien paseando a esas horas por los campos. Sólo los perros perciben nuestra presencia.

Cogí la bici y pedaleé hasta casa.

La verdad, yo también estaba asustado, pero ya no era momento de echarse atrás. Entré en casa y dejé el pan en la mesa de la cocina.

—Gracias, Diego —dijo mi madre—. Lávate las manos que la comida está casi lista.

Subí al desván, todo estaba en silencio. Tenía la sensación de que iba a meterme en un buen lío y que esta vez mi madre no podría ayudarme. Entonces, como si el destino quisiera mandarme una señal, mi mirada tropezó con la del abuelo. Estaba allí, sobre la vieja alacena, donde le había colocado yo. En la fotografía sus ojos brillaban fieros y valientes. Sentí que me miraba a través del tiempo, a lo más profundo de mi corazón, y que me decía: «No seas gallina, chaval».

Sé que es una tontería, pero sentí que mi abuelo quería que su nieto desenterrara la maldita caja, no pude evitarlo.

Además, yo no soy un gallina.

7

Es curioso cómo puede cambiar un lugar cuando está oscuro. Por la mañana, a plena luz del sol, la cuesta de la fuente puede parecer un sitio tranquilo y seguro, pero esa noche, mientras empujábamos las bicis para salir del pueblo procurando no hacer ruido, teníamos la sensación de que el peligro nos acechaba detrás de cada árbol.

—Podías haber engrasado la cadena de la bici para que no sonara. Debe de estar enterándose todo el mundo —me dijo Martín mientras nos internábamos en la oscuridad.

Una lechuza nos miró, para enseguida girar la cabeza y atender a sus asuntos.

Llegamos al pazo pasadas las doce. No se veía un alma y Zoilo debía de estar roncando, harto de vino, en su cama. Las luces del enorme caserón estaban apagadas. No nos esperaba a esas horas de la noche.

Trepamos por el castaño y saltamos la cerca. Nos arrastramos por el suelo hasta llegar a la cueva. La luna se ocultó tras unos enormes nubarrones y no se veía nada. Pasamos a través del pequeño agujero entre las rocas y, una vez dentro, intentamos taparlo con nuestras chaquetas para poder encender las linternas sin que su luz nos delatara desde fuera.

Estaba muy nervioso, no podía dejar de temblar.

La caja seguía allí, esperándonos. El corazón se nos salía por la boca.

—Ábrela —dijo Martín.

—Tú tienes el destornillador, hazlo tú —contesté.

—De eso nada. ¿Crees que soy idiota? ¿Y si tiene algún tipo de cepo o una trampa

para ladrones? ¿Y si una enorme cuchilla baja y me corta la mano?

—Eres idiota.

—¿Qué?

—Nada. De todas formas tenemos que hacerlo entre los dos porque estos clavos están oxidados. No va a ser fácil sacarlos.

Durante más de diez minutos nos esforzamos apalancando la tapa y al final los clavos de un lateral cedieron. Poco a poco fuimos levantándola hasta que logramos desprenderla del todo y miramos dentro.

—Tanto trabajo para esto —dijo Martín desencantado—, no es más que una radio vieja.

—No te enteras de nada. ¿No has visto nunca películas de guerra? Esto no es una radio normal, es un equipo de transmisión, de los que llevaban los barcos para comunicarse por radio.

—Ya, ¿y qué me dices de esto otro?

Al lado de la radio había una extraña máquina conectada a una batería enorme.

—¡Bah! Menudo descubrimiento.

—¿Qué esperabas encontrar?, ¿lingotes de

oro? Deja ya de protestar y alúmbrame bien, voy a intentar sacarla de la caja.

Me incliné dentro y tiré con todas mis fuerzas de aquel cacharro. Parecía una máquina de escribir; bueno, mejor dicho, la tatarabuela de las máquinas de escribir, pero no había forma de moverla.

—Venga, salgamos de aquí antes de que nos descubra Zoilo.

Martín empezaba a ponerse nervioso y había que reconocer que esta vez tenía razón. Por mucho que quisiéramos no íbamos a poder sacar la caja, y llevábamos ahí el tiempo suficiente como para que Zoilo se hubiera percatado de nuestra presencia. Era hora de volver. Como dos pequeños hurones que van de caza de noche, salimos de la cueva, corrimos a lo largo de la valla y nos deslizamos por el agujero hacia afuera.

Sin decir una palabra pedaleamos cuesta abajo hasta llegar al cruce. Martín me enseñó el pulgar apuntando hacia arriba y giró hacia su casa.

8

Al día siguiente, sobre las doce, fui a buscar a Martín. Estaba en el patio de su casa, ordenando un montón de neumáticos viejos y herramientas del taller de su padre.

—¿Sales? —pregunté.

Martín miró el montón de chatarra que le quedaba por ordenar y debió de calcular que por mucho que trabajara no acabaría en toda la tarde. Así que no pasaría nada si se tomaba un rato de descanso.

—¡Madre! —gritó hacia la casa—. Salgo a dar un paseo, vengo en media hora y termino con esto.

Saltó la valla antes de que su madre reaccionara y echamos a andar calle abajo.

—He estado pensando y creo que se nos escapa algo en todo este asunto. ¿Qué me dices del papel que se cayo del diario de mi abuelo? Puede que sea una pista importante.

—¿Te refieres al papelujo ese que se deshace con mirarlo? Pero si no hay quien entienda lo que pone.

—Creo que está en alemán, y estoy seguro de que es la clave de todo este embrollo.

—Vale, pero te olvidas de un detalle, ni tú ni yo tenemos ni idea de alemán.

—Lo sé —contesté—. También he pensado en eso y por muchas vueltas que le doy no sé cómo solucionarlo.

Seguimos andando en silencio, tratando de encontrar una salida al problema. De pronto, Martín paró y dándose una palmada en la frente exclamó:

—¡Claro!, ¿cómo no se me había ocurrido antes? Santiago puede ayudarnos.

—¿Santiago? ¿El del bar?

—El mismo. Sus padres trabajaron en Alemania muchos años, de jóvenes, y él vivió allí cuando era pequeño. Seguro que puede echarnos una mano.

No terminaba de verlo claro, pero no teníamos otra alternativa y necesitábamos saber qué ponía en el dichoso papel.

—Eso me parece bien —dije con recelo—, pero no es tan sencillo, necesitamos una coartada. Tenemos que evitar que haga preguntas. Le diremos que es un trabajo de vacaciones para el cole.

—Bien —dijo Martín—. Ahora me voy, si llega mi padre y no tengo el patio recogido me mata. Mañana nos vemos.

Cuando ya estaba lejos se volvió y gritó:

—¡No olvides el papel!

9

A la mañana siguiente, Martín y yo bajamos al bar de Santiago. El bar hace las veces de oficina de correos y ahí es donde el cartero deja diariamente la correspondencia de todo el pueblo. Llegamos justo en el momento en que éste acababa de hacer su entrega y estaba tomándose un vino para recuperar fuerzas.

—Hola, rapaces, ¿qué, esperáis carta? Carta de alguna chica, ¿no? Seguro que es eso.

Para el cartero todo se reduce a lo mismo: chicas. Sería inútil explicarle que hay más cosas en qué pensar. Es un pesado y un cotilla, así que le seguimos la corriente.

—Sí, es que a éste le gusta una de su clase, le ha escrito una carta de amor y el muy idiota está esperando que le contesté —dije para salir del paso.

—¿No has recibido nada en todo el verano? Pues hijo, a esto se le llaman calabazas, y vete acostumbrando porque no será la primera vez ni la última.

Y comenzó a reírse con pequeños espasmos mientras le pegaba collejas a Martín.

En ese momento salió Santiago de la trastienda.

—Eusebio, deja en paz a los chiquillos que no te han hecho nada, no seas pesado, hombre. Y vosotros, ¿qué queréis? ¿Te manda tu madre con algún recado, Martín?

—No. Verá, señor Santiago. Es que tenemos un problema y pensamos que tal vez usted podría ayudarnos.

Le contamos la historia de los deberes para el cole y pareció dispuesto a echarnos una mano. Creo que en el fondo le gusta presumir de saber alemán. Nos dijo que volviéramos por la tarde a por la traducción. Y eso hicimos. Al vernos entrar nos saludo con la mano, nos hizo un gesto para que esperásemos y luego desapareció tras una cortina. Las moscas se posaban sobre las manchas de vino seco y el reloj de la pared hacía tic-tac. Estábamos esperando cuando desde un rincón oscuro una voz ronca comenzó a canturrear:

Antón, Antón, no pierdas el son
porque en la alameda
dicen que hay un hombrón
con un camisón
que a los niños lleva.

La sangre se nos heló en las venas. ¡Zoilo! Y estaba como una cuba. ¡Claro!

¡Ésa era la canción que silbaba el otro día! Esa que me resultaba tan familiar. Recuerdo que me hicieron aprenderla hace años, en clase de música, mientras golpeábamos sin ritmo alguno la pandereta. Nunca pensé que llegara a parecerme tan terrible y amenazadora.

¿Dónde demonios estaba Santiago? ¿Por qué no regresaba de la trastienda?

—Aquí está, chicos. Ha sido realmente fácil traducirlo, se ve que no he olvidado mi alemán y eso que hace años que no lo practico. ¿Seguro que esto no es hacer trampas con los deberes? —dijo Santiago alargándonos satisfecho el papel desde el otro lado del mostrador.

Entonces se fijo en nuestras caras.

—¿Qué os pasa? Cualquiera diría que habéis visto un muerto.

—¡Qué va! —dijo Zoilo levantándose—. Los niños buenos no tienen que preocuparse de nada. Mamaita y papaito cuidan de ellos.

Se nos acercó, puso su cara roja a un palmo de la nariz de Martín y dijo agarrándole por los mofletes:

—Pero si no os portáis bien…

—Mi madre me ha dicho que no hable con desconocidos —dijo Martín, y añadió envalentonándose—. Ni con borrachos.

Mi amigo es como un jabalí, si se siente acorralado embiste.

A Zoilo se le encendió la cara de cólera pero enseguida se repuso, nos enseñó sus dientes verdes y marchándose reanudó la maldita canción:

... dicen que hay un hombrón
con un camisón
que a los niños lleva.

Tragué saliva y logré articular un «gracias, señor Santiago» que seguramente nadie oyó. Estiré la mano, cogí el papel y salí disparado por la puerta seguido de Martín.

Corrimos como locos, sin mirar atrás, hasta que llegamos a casa.

—¿Es que no va a dejarnos nunca en paz? Nos sigue a todas partes —resopló Martín.

—Si se comporta así no es porque piense que queremos robarle nabizas. Creo que lo que hemos descubierto es muy importante y por alguna razón Zoilo no quiere que salga a la luz. No está seguro de lo que sabemos, pero creo que no va a dejar que le robemos su secreto.

Saqué el papel del bolsillo. Santiago había escrito la traducción por la parte de atrás.

Leímos.

...tiene que ser desembarcada de inmediato en España. Se le ha dado una nueva identidad y

una nueva vida. Nombre en clave: Hans Fritz. Siguiendo el plan de contingencia, se le espera en el lugar acordado donde será desembarcado provisto del equipo de transmisión y la unidad de descodificación Enigma del submarino, con el fin de poder mantener el contacto hasta nueva orden. Cualquier otra prueba que lo relacione con el Reich o arroje datos sobre su verdadera identidad debe ser destruida de inmediato.

Mariscal Dongtinz

—¿Y eso es todo?

—Eso es todo. Creo que se trata de un fragmento de un comunicado de guerra.

—¿Un trozo? ¿Y qué pasa con el resto?

Hay veces que Martín puede con mi paciencia.

—¿Y cómo quieres que lo sepa? Está claro que falta el principio. Alguien tuvo que coger el trozo que falta…

—Pero ¿quién?

—No lo sé, puede que los alemanes o a lo mejor el viejo guardés. Es imposible saberlo, pero desde luego sin el mensaje completo no adelantamos mucho. No sabemos de quien están hablando.

¿Quién era en realidad ese hombre? ¿Por qué los soldados del submarino sacrificaron sus vidas para dejarlo en estas costas al amparo de la noche? ¿Qué era eso de una descodificadora Enigma? ¿Qué pintaba Zoilo en este lío? Y, sobre todo, ¿por qué mi abuelo no intentó desenterrar la caja si sabía perfectamente dónde estaba?

Necesitábamos respuestas. El abuelo ya nos había dado bastantes pistas en su diario, era hora de investigar por nuestra cuenta.

10

Decidimos ir el lunes por la mañana a la biblioteca pública de Cee. La habían inaugurado hacía un par de años y estaba todo nuevo. El bibliotecario se quedó sorprendido al vernos. En vacaciones es raro ver niños allí, pero nos atendió amablemente y nos indicó dónde encontrar la información que buscábamos.

Los libros de la Segunda Guerra Mundial son alucinantes. Cogimos uno que hablaba de barcos alemanes, lleno de fotos en blanco y negro. En ellas se veían a los oficiales de los submarinos. Parecían muy contentos en sus puentes de mando, con sus impresionantes uniformes, seguros de ganar la guerra. Pero la mayoría de ellos morirían en combate, hundidos para siempre, junto con sus tripulaciones, en el fondo del mar.

Leímos y leímos. Había muchas cosas que nos interesaba saber.

En 1939 Alemania declaró la guerra a medio mundo y se dedicó a conquistar Europa. Casi todos los países fueron invadidos por el ejercito alemán pero Gran Bretaña se le resistió, como un hueso duro, así que Hitler decidió matarla de hambre y la rodeó con sus temibles submarinos que se dedicaron a interceptar y hundir todos los barcos que intentaban llegar con alimentos y medicinas.

—¿Por qué los nazis declararon la guerra a todo el mundo? —me preguntó Martín.

—Y a mí qué me cuentas —contesté, y seguí leyendo.

Al parecer, durante la guerra, toda la Costa de la Muerte recibió la visita de los submarinos nazis. Nuestros abuelos les reparaban los motores y les llenaban los depósitos de combustible. Luego salían de nuevo a alta mar a hundir naves aliadas. España se declaró neutral pero hizo la vista gorda con los alemanes porque Franco y Hitler eran amigos.

Cuando el curso de la guerra cambió, los destructores británicos se hicieron dueños del Atlántico. Decenas de submarinos nazis fueron hundidos en la Costa de la Muerte. Aquí, en estas costas, donde casi nunca pasa nada, hubo terribles batallas navales entre la flota de guerra alemana y la armada real inglesa.

Al volver la página vimos algo que nos dejo mudos. ¡Una fotografía con una máquina igual a la que encontramos en la cueva!

—Mira, la máquina de escribir —dijo Martín.

—No es una máquina de escribir.

El libro de historia explicaba que la máquina de la foto, nuestra máquina, era en realidad una descodificadora. Los alemanes tenían muchas. Se llamaban «Enigmas» y las llevaban en los submarinos para poder descifrar los mensajes en clave de su cuartel general.

Leímos en otro libro que al finalizar la guerra muchos jefes nazis fueron ajusticiados en el proceso de Nuremberg, pero algunos consiguieron huir a Brasil.

—No lo entiendo, ¿por qué no los buscaron mejor?

—Sí que los buscaron, aquí dice que al cabo de un tiempo muchos de ellos fueron capturados y enviados a prisión. Pero alguno burló el cerco y jamás lo encontraron.

—Alguno como «Él», nuestro Hans Fritz. Claro, jamás lo encontraron porque buscaron en el sitio equivocado. Nunca llegó a Brasil, se quedó aquí, en nuestro pueblo.

—¡Claro! ¡Eso es! —grité levantándome de la silla.

—¡Chsss! Calla, que nos van a echar —dijo Martín—. Siéntate y resumamos: el submarino lleva un pez de los gordos a Brasil. A mitad de camino le dicen que la ruta de las Azores está hasta arriba de destructores británicos. Los nazis, que ven que se les están torciendo las cosas, tienen preparado un plan de emergencia en el que figura nuestro pueblo como escondite provisional. Desembarcan al hombre misterioso. Le ponen un nombre nuevo, lo llaman Hans y lo abandonan en el acantilado. Justo delante de las narices de tu abuelo. Él se queda a vivir en el pazo, le parece un lugar seguro, además tiene una descodificadora Enigma y un equipo de transmisión para poder pedir auxilio cuando todo se calme, pero los alemanes pierden la guerra y nadie se preocupa de volver a buscarlo. Él ni siquiera intenta sacar la Enigma de su escondite para comunicarse. Probablemente piensa que si alguien le descubre resultaría muy difícil explicar por qué tiene en su poder semejante equipo de transmisión. Al cabo de los años la palma y lo entierran en el cementerio. Nadie conoce la verdad. Nadie excepto Zoilo, que por entonces sería un crío, y su padre, el antiguo guardés.

—Cuando te pones a pensar eres un hacha, de verdad, un hacha.

—De tanto pensar me está entrando hambre —dijo Martín.

Fue entonces cuando nos dimos cuenta de que fuera había empezado a anochecer. Era la hora de volver a Freixe.

De noche el atajo da miedo. Bordea la fragua de Moraime y allí no hay ni un alma. La vegetación ha ido poco a poco cerrando el atajo. Hay trechos donde tienes que bajarte de la bicicleta y avanzar con la cabeza agachada para no saltarte un ojo con las zarzas. En la fragua hay lobos, pero los lobos no me dan miedo, el que da miedo es el tarado de Zoilo. Si me lo encuentro de noche en una *corredoira* me muero.

Sacamos prestados los libros y volvimos a casa lo más rápido que pudimos.

Los libros de historia nos dieron mucha información, pero estaba claro que ahí no íbamos a encontrar ninguna pista sobre la verdadera identidad de Hans Fritz, y mucho menos sobre el trozo perdido del mensaje de la Enigma. Había que buscar en otro sitio.

Mis pensamientos volvían una y otra vez al Capitán, ese personaje que aparecía en el diario y del que no conocíamos su verdadera identidad. Si se tratase de un chaval de la edad de mi abuelo, ahora tendría unos setenta años y, desde luego, si alguien sabía lo que de verdad sucedió, ése era él. Había muchas posibilidades de que aún viviera y que pudiera contestarnos un montón de preguntas.

—Deberíamos empezar por localizar al Capitán, estoy seguro de que él tiene la clave de este embrollo.

—Yo nunca he oído hablar de nadie en el pueblo que tuviera ese nombre.

—Está claro que es un apodo.

—A ver, por eliminación, el cura no puede ser, Santiago el del bar tampoco...

—¡No sigas! —a veces Martín me pone nervioso—. ¿Vas a ir eliminando así a todos los habitantes del pueblo? Lo mejor es preguntar a mi madre, tal vez ella sepa algo. Intentemos preguntar sin levantar sospechas.

Entramos en la cocina, olía a leche caliente, pero no a leche de *tetrabrik,* sino a leche recién ordeñada, casi se podía oler en ella la hierba que se había comido la vaca. Las ventanas estaban cubiertas de vapor y mamá se esforzaba en quitar las manchas resecas de la pared.

—Mamá —dije sentándome en la mesa—. ¿Nos das de merendar?

Ella se volvió y nos miró sorprendida.

—Vaya, estáis aquí. ¿Dónde os metéis? No sé qué os traéis entre manos pero seguro que nada bueno —dijo mientras sacaba dos vasos y ponía chocolate en polvo y leche caliente.

—Saca las galletas que están en la despensa —me dijo.

Entré allí. A través de la cortina vi a Martín, que apuraba su vaso de leche. Con el bigote manchado de chocolate ponía cara de estar concentrándose: cara de acelga, sí, de acelga. Salí corriendo de la despensa para evitar que mi amigo tomase la iniciativa y delatara nuestros planes. Demasiado tarde.

—Señora, ¿sabe de alguien en el pueblo a quien llamasen el Capitán?

Mi madre dejó de fregar y se volvió un tanto extrañada.

—Sí, claro, es el señor Xavier, el que vive en la esquina al lado del bar de Santiago. Creo que fue muy amigo del abuelo de Diego, él era quien le llamaba el Capitán, al menos eso fue lo que me contó la abuela. ¿Por qué queréis saberlo? Más os vale dejarle al margen de vuestras imprudentes travesuras porque ahora es un anciano que no anda muy bien de salud y creo que tampoco está muy cuerdo.

Dejé el paquete de galletas encima de la mesa, apuré el vaso de leche e, indicando a Martín que me siguiese, salí de la cocina mascullando alguna excusa para evitar dar explicaciones a mi madre.

—¿Y las galletas?

Martín siempre pensando en lo mismo.

—No habíamos venido a merendar sino a por información.

—¡Ah! —dijo, y puso cara de acelga.

11

Entramos en el bar. El señor Xavier estaba sentado al fondo, leyendo el periódico, u ojeándolo por decimoctava vez, quién sabe. Nos acercamos a él por la espalda. Era enorme, y vaya manos que tenía el tipo, grandes y agrietadas, manos de marinero. Su cara estaba toda cubierta de arrugas, debía de tener unos setenta y muchos años. Esperé a que Santiago se fuese a servir a un cliente al otro lado de la barra y casi en un susurro le pregunté:

—¿Es usted el Capitán?

El viejo levantó la mirada del periódico, la detuvo por un instante en el papel de la pared y se volvió hacia nosotros. Los ojos le brillaban. Lo mismo era del vino, pero le brillaban, y le brillaban divertidos.

—Depende —dijo con una sonrisa torcida.

Se colocó un palillo entre los dientes, movió la banqueta que estaba a su lado y con un gesto nos invitó a sentarnos.

—¿Depende de qué?

—Depende de quién lo pregunte —y acercando su cara a la mía me revolvió los pelos con su manaza.

Cómo me fastidia eso. Me ha fastidiado siempre. Quité la cabeza con brusquedad y, tratando de que mi voz sonara interesante, dije:

—Soy Diego Murias, y este es mi amigo, Martín.

—Diego Murias... Vaya, vaya, el nieto de Mateo. Y... ¿qué tripa se te ha roto?

Realmente parecía importarle muy poco lo que hubieran venido a decirle dos mocosos. Le miré a la cara intentando buscar las palabras adecuadas.

—Hemos encontrado la Enigma.

No era digno de un espía ni tampoco muy diplomático, pero fue lo primero que me salió.

El señor Xavier dejó el periódico en la mesa y se quedó quieto, con la mirada fija no se sabe dónde.

—¿Tú crees que te ha oído? —susurró Martín.

—Sí, claro que le he oído, pero ojalá no lo hubiese hecho —susurró el anciano para sí mismo.

—Verá, señor; encontramos el diario de mi abuelo, hablaba de una caja misteriosa, y de una cueva, y luego encontramos la Enigma, y Zoilo…

—Calma, calma muchacho, es conveniente que respires de vez en cuando. No sabía que el viejo Mateo tuviera un diario pero debí haberlo imaginado. Tu abuelo era un cabezota y estaba empeñado en no olvidar nada.

—¿Olvidar qué, señor? Mire, tenemos el final de algo que parece un comunicado de guerra, nos falta el principio y creo que así se aclararían muchas cosas. Usted sabe algo de esto.

Sin levantar la vista de la mesa el anciano dijo:

—Este momento tenía que llegar tarde o temprano. Será mejor que hablemos, pero aquí no, a las seis en el puente viejo —y añadió—. Sé cosas... terribles.

12

El puente viejo es una antigua pasarela de piedra cubierta de musgo, de la época de los romanos, que salva el río Castro en una de sus últimas revueltas antes de llegar al mar. En ese lugar el río se ensancha bastante y no creo que tenga más de un metro de profundidad. Es un lugar perfecto para pescar.

Allí nos dirigimos a la hora acordada y encontramos al señor Xavier sentado en el puente, con los pies colgando sobre la suave corriente. Al vernos aparecer nos indicó con la mano que nos acercásemos.

Las libélulas bailaban sobre la corriente, las vacas pastaban entre los árboles, todo estaba en silencio: el secreto iba a ser transmitido.

—He pasado toda la vida temiendo que llegará este momento —comenzó a decir el anciano—. Toda la vida temiendo que alguien lo descubriera, y a la vez deseando no ser el único que guardara el secreto. Al final Mateo se ha salido con la suya, quería que el mundo supiera la verdad y ahora parece que su nieto está dispuesto a terminar lo que él dejó a medias. ¿No es así, muchacho? —dijo mirándome a los ojos—. Harías cualquier cosa por descubrir la verdad. Está bien, no voy a ser yo quien te lo impida, bastante tuve con tu abuelo. No tengo fuerzas para seguir con esto, estoy viejo y muy cansado.

Metió la mano en el bolsillo y saco un papel amarillento, arrugado, parecía que estaba a punto de deshacerse. Lo miró durante unos minutos, luego alargó la mano y me lo entregó:

—Tomad, ésta es la respuesta que necesitáis, el principio de ese mensaje que tanto

deseáis conocer, y también el principio de vuestros problemas. Mateo lo encontró registrando los bolsillos de una chaqueta militar que el padre de Zoilo iba a quemar junto con el resto de un uniforme alemán, una gabardina, papeles, documentación... un montón de pruebas que iban a arder llevándose consigo un terrible secreto. El mensaje era la clave definitiva que habría cambiado el curso de la historia para siempre. Mateo y yo lo partimos en dos de forma que cada parte no pudiera ser comprendida sin la otra mitad, y cada uno guardó un trozo.

»Del mismo modo que habéis hecho vosotros, tu abuelo y yo también quisimos correr aventuras, también pensamos que sería fácil desvelar secretos cuyo alcance apenas podíamos imaginar y que estuvieron a punto de costarnos la vida. Os lo advierto, Zoilo no va a permitir que descubráis el secreto, lo protegerá con su vida, igual que hizo su padre —y levantándose la barba dejo ver una larga cicatriz que le marcaba el cuello—. Yo era apenas un niño y no le importó. Éste es el recuerdo que me quedó de todo aquello.

Si vais a seguir adelante, tened cuidado con Zoilo.

Estaba empezando a asustarme de veras, la cicatriz que nos mostraba el anciano no parecía cosa de broma y casi prefería no averiguar cómo se la había hecho.

—Pero, ¿qué tiene que ver Zoilo en todo esto? —pregunté.

Mirándonos con sus ojillos vidriosos dijo:

—Durante aquella guerra, en el pazo de los Monsagre se vivió muy bien; cajas de vino caro, criados que usaban guantes blancos. E, incluso, compraron un enorme coche. Zoilo era el hijo del guardés, creció allí, en medio de esa opulencia, mimado por su padre y por los amos que lo colmaban de regalos. Lo tenía todo y aún así fue siempre un chico muy raro. Se paseaba por las calles del pueblo luciendo sus brillantes zapatos o su bicicleta nueva y sonreía al sorprendernos mirando con los ojos muy abiertos. Siempre le importó más recordarnos quién era que jugar con nosotros, y poco a poco se fue quedando solo.

»Fue entonces cuando empezó a correr el rumor de que los dueños tenían tratos con los alemanes. Justo antes de acabar la guerra se marcharon a Argentina, los criados fueron despedidos y el coche se malvendió. El antiguo caserón comenzó a deteriorarse y nadie volvió a reparar las tejas o a podar la parra de la puerta principal. Los juguetes de Zoilo envejecieron y ya era demasiado tarde para empezar a hacer amigos.

»Fue por aquellas fechas cuando un misterioso personaje se instaló en el pazo. La gente pensó que era un pariente lejano de los dueños, alguien muy poco sociable, venido del extranjero, que había heredado las tierras. Con el tiempo el forastero dejó de tener interés y la gente lo olvidó. Nadie supo nunca cómo había llegado hasta aquí, nadie excepto tu abuelo y yo, y por supuesto el viejo guardés. Se quedó en la finca con su hijo para atender al extraño huésped. Jamás permitió que nadie entrara, y tampoco Zoilo va a permitirlo ahora. Cuidado con él.

»Leed el mensaje completo y comprenderéis. Buscad también en el cementerio, la cuarta fosa de la calle principal hacia el norte, contando desde la entrada.

Luego se calló, permaneció mirando el agua que fluía bajo el puente y pareció que se había olvidado de nuestra presencia. Nos levantamos despacio y emprendimos el camino de vuelta al pueblo.

No habíamos recorrido más de cien metros cuando le oímos decir:

—De todas formas, si contáis a alguien esta historia no va a creeros…

Nos paramos en lo alto de la cuesta de la fuente.

El trozo de hoja encajaba perfectamente con el que nosotros habíamos sacado de la Enigma. El mensaje estaba escrito en alemán pero mi abuelo y el Capitán habían escrito la traducción por el revés del papel. No sé cómo lo habían conseguido ni con ayuda de quién. Esto es lo que ponía:

40º latitud norte, costa atlántica española.

Operación Fritz.

Al capitán de navío Hans Ferman, comandante en plaza del U-450.

Berlín, 4 de agosto de 1945

Los planes de evacuación previstos para el mes de septiembre no podrán llevarse a cabo según lo previsto.

El frente se ha roto, la llegada de los rusos a Berlín es sólo cuestión de días. Los aliados han intensificado su control sobre el Atlántico en las últimas semanas. El camino hacia Brasil está cortado. Todos los intentos de penetración en la ruta de las Azores han sido interceptados.

La situación de emergencia hace imposible llevar a cabo el plan previsto. La máxima autoridad...

Contuvimos el aliento...

Ahora, con el mensaje completo, todo cobraba sentido.

La máxima autoridad tiene que ser desembarcada de inmediato en España.

La máxima autoridad sólo podía ser...

¡El mismísimo Hitler!

Nos miramos a la cara con los ojos como platos: ¡Hitler! ¿Cómo es posible? ¿Pero no se había suicidado en un bunker? ¡Claro, por eso el Capitán se negaba a contarnos la verdad! ¡Por eso prefiere olvidar lo que vivieron él y mi abuelo! ¡Por eso Zoilo y su padre lucharon toda su vida por mantener el secreto! ¡Este hecho cambia por completo la historia!

¡Hitler! ¡Y está enterrado en el pueblo de la abuela, cerca de su tumba! El Capitán se equivoca tratando de esconder la verdad. Esto tiene que saberlo el mundo. Estoy seguro de que mi abuela no quiere tenerlo de vecino.

Por la tarde fuimos al cementerio. Allí hay por lo menos media docena de lápidas con nombres extranjeros. Entre todas ellas, a la sombra de un ciprés, encontramos la tumba del tal Hans. La lápida no tenía nada de especial, no la velaban cuervos negros ni había cardos enmarañándola. Estaba cubierta por una fina capa de limo verde y no era ni más grande ni más pequeña que las demás. Estaba ahí, justo donde el señor

Xav..., donde el Capitán nos había dicho que estaría. Luego..., ¡todo lo que escribió mi abuelo era verdad!

Ese hombre que vieron desembarcar del submarino y desaparecer en la oscuridad de la noche existió realmente. Y no sólo eso, sino que vivió en el pueblo, hasta el día de su muerte, sin que nadie llegara a sospechar nunca de su verdadera identidad. Una identidad que ahora conocíamos y que debíamos sacar a la luz.

13

Al día siguiente nos acercamos a Cee para devolver los libros. El bibliotecario los cogió y comprobó que estaban en buen estado. No parecía tener prisa, se ve que en verano la gente prefiere la playa a la biblioteca, y debía de estar aburrido.

—Bien, bien. ¿Qué?, ¿ya sabéis todo lo que queríais saber? ¿De qué se trataba? ¿Un trabajo de verano? Recuerdo cuando tenía vuestra edad, me encantaba husmear entre los libros y…

—Sí —dije cortando un discurso que amenazaba con no tener fin—. Por favor, tenemos prisa.

El bibliotecario no se dio por enterado, revisaba los libros con toda la calma del mundo, de la primera a la última hoja. De pronto, levantó la vista por encima de nosotros y puso cara de fastidio.

—Otra vez ese tipo, no me gusta nada.

Me volví y sólo alcancé a ver una sombra que se movía rápida al otro lado del ventanal. Un escalofrío me recorrió la espalda. El bibliotecario seguía hablando sin importarle demasiado si le atendíamos o no.

—Es ese chiflado. Zoilo creo que se llama. Ese que vive en el pazo de los Monsagre. Hace un par de días que ronda por aquí y me da muy mala espina. Bueno, esto está todo en orden, ya veo que sabéis cuidar los libros, y ahora qué, ¿vais a sacar más?

—No —dijo Martín—. ¿Podemos irnos ya?

—Claro, tomad vuestros carnés. Sabéis, una vez me ocurrió una cosa curiosa con unos libros que me prestaron, tendría yo más o menos vuestra edad y…

Martín y yo dijimos adiós y salimos rápido, sin darle tiempo a que comenzara su historia. Estaba claro que el hombre se aburría. No debía de haber mucha gente que visitara la biblioteca durante el verano.

—¿Has oído? —dijo Martín—. Zoilo otra vez. No puede ser casualidad que lo encontremos en todas partes, seguro que nos sigue. ¿Crees que intentará detenernos?

No había ninguna duda, el tarado de Zoilo sabía que le habíamos descubierto y su reacción era imprevisible. Tal vez intentara hacer desaparecer la máquina y sin ella todo nuestro trabajo no serviría para nada. También podía limitarse a tratar de asustarnos o puede que quisiera hacernos daño de verdad. Me acordé de la cicatriz del Capitán y de sus palabras: «... os lo advierto, Zoilo no va a permitir que descubráis el secreto...». Todo el asunto se nos comenzaba a escapar de las manos, era hora de contárselo a alguna persona mayor, tal vez a mi madre, pero iba a ser difícil que nos creyera y no pensara que eran cuentos de niños. Necesitábamos algo que nos ayudara a demostrar que no era así. Había que volver a la cueva para intentar hacer unas fotos, algo que sirviera como testimonio de la existencia de la Enigma antes de que Zoilo la destruyese y se perdiera para siempre la única prueba real que teníamos.

Miré el reloj, se nos había hecho muy tarde, teníamos que volver a casa. Atravesamos el parque municipal de Cee a toda velocidad, rumbo al atajo. El cielo amenazaba tormenta.

—Deprisa, se hace de noche.

No habíamos recorrido ni la mitad del camino cuando uno de mis mayores temores se hizo realidad. Entre los helechos, corriendo tan rápido como nuestras bicis, oímos a Zoilo. Nos perseguía y estaba claro que nos ganaba terreno. Sin decir una sola palabra redoblamos el ritmo. Zoilo se movía a gran velocidad por el bosque, en línea recta, salvando las curvas del camino como un maldito fantasma. En breve habría ganado la suficiente distancia como para saltar al camino y cerrarnos el paso.

No sé si era el viento o su voz lo que nos llegaba desde atrás, pero en ese momento me pareció oírle gritar: «los secretos descansan mejor en el fondo del mar». No supe muy bien

si se refería a la Enigma o a nosotros, pero me imaginé allí, de pie, al borde del acantilado y las olas rompiendo en el fondo de ese abismo del que era imposible salir. El miedo me recorrió la espalda y pedaleé con todas mis fuerzas, pero parecía imposible escapar de Zoilo.

En ese momento Martín dijo:

—¡Sígueme!

Bajó de la bicicleta, se la colocó al hombro y se metió monte arriba. ¡Qué idea más absurda! Pero no había tiempo para discutir y, además, yo no iba a quedarme a solas en la *corredoira* con el tarado de Zoilo.

Durante un trecho, como dos jabalíes perseguidos por una jauría, atravesamos tojos y zarzas.

De repente vi lo que pretendía Martín. Un poco más arriba, una vieja pista forestal bajaba haciendo eses hasta la carretera que va a Freixe. Nos subimos en las bicis y bajamos casi volando, con el viento silbándonos en las orejas.

Zoilo no sería capaz de seguirnos a tanta velocidad. Además, había comenzado a llover a cántaros y Zoilo estaba loco, pero no era idiota, no iba a mojarse en plena noche por atrapar a un par de niñatos a los que sabía con seguridad donde encontrar al día siguiente.

Era ya noche cerrada. Ni se nos ocurrió la idea de intentar regresar por el atajo, y la vuelta por carretera hasta Freixe era muy larga.

Nos paramos en la puerta de un bar lleno de gente. Comían, charlaban y se reían, y nosotros tiritábamos y nos sentíamos solos.

—Ahora llama a tu madre y dile que se te ha pinchado la bici, que nos venga a buscar —dijo Martín.

—Llama tú a la tuya.

—Tú me has metido en este lío, así que llamas tú.

Le miré, estaba empapado, lleno de arañazos, sangraba y tiritaba de frío, y aun así seguía a mi lado. Tenía razón, yo le había metido en problemas y yo debía sacarle. No sabía muy bien qué contarle a mi madre. Por muchas vueltas que le diera, no teníamos excusa para estar tan lejos de casa a esas horas. Descolgué el teléfono del bar, marque el número de casa de mi abuela y esperé.

—¿Mamá?

—¿Dónde estáis?

No preguntó nada más. Diez minutos después paraba su coche delante de la puerta del bar. Parecía enfadada de verdad. No nos preguntó qué hacíamos allí tan tarde y calados hasta los huesos. Se limitó a llevarnos a casa, prepararnos chocolate caliente y secarnos la cabeza con una toalla. Creo que prefiero que grite y me castigue, esos enfados no le duran mucho y por lo menos sé qué está pensando. Cuando no dice nada es que el enfado es de los gordos. Una cosa estaba clara: si queríamos terminar con el asunto de la Enigma tenía que ser ahora y tenía que ser en secreto. Mamá no me dejaría volver a salir por lo menos en una semana.

Martín esperó a que mi madre saliera de la cocina y dijo:

—¿Pero qué más le dará a Zoilo que saquemos la verdad a la luz? No lo entiendo.

—Creo que ni lo sabe, es como un perro de presa. Su padre debió de darle instrucciones antes de morir y él se limita a cumplirlas. Seguro que le ordenó guardar el pazo y todos sus secretos de la curiosidad de la gente, incluida la Enigma y el hombre misterioso. Puede que haya vivido tan asustado que aún tema las represalias de los nazis. Tal vez piense que todavía pueden volver.

»De todas formas, si sospecha que intentamos desvelar el misterio y decírselo a todo el mundo, cogerá la Enigma y la tirará al mar. Ya que no podemos sacarla de ahí, deberíamos por lo menos hacer unas fotos y luego contarlo todo. Es algo que puede cambiar la historia.

—Ya, y tú crees que alguien va a creernos.

—Y ¿por qué no?

En ese momento entró mi madre.

—Me voy, muchas gracias por el chocolate, señora Murias —dijo Martín.

—Ve con cuidado.

Martín sonrió a mi madre con cara de monaguillo y se despidió. Al pasar junto a mí, y con la expresión de un recluso que ha decidido escapar y cuenta con la colaboración de un compañero, o sea, yo, me susurró:

—A las doce en el cruce de la cuesta de la fuente.

14

A media noche, la hora bruja, cogí mi cámara de fotos, una linterna y salí de casa sin hacer ruido. Mi madre dormía, no pensaba que me metería en más líos esa misma noche y había bajado la guardia.

Seguía lloviendo. Unos minutos después llegué a la cuesta.

Martín estaba esperándome.

—¿Preparado?

—Preparado —contesté.

Dejamos las bicis debajo de unos helechos y saltamos la valla del pazo.

Nos arrastramos hasta nuestro escondite y desde allí vimos a Zoilo. Tenía atada la caja donde estaban las dos máquinas al extremo de una cuerda y el otro lo llevaba anudado alrededor de la cintura. Se esforzaba en arrastrar la caja de madera hasta el acantilado. Llovía a mares y el viejo borracho se resbalaba una y otra vez en el fango. Con una mueca estúpida parecía sonreír y por entre sus dientes verdes dejaba escapar la maldita canción:

Antón, Antón, no pierdas el son...

La cantaba más alto que de costumbre, para nosotros. Sabía que estábamos muy cerca, espiándole. No intentó echarnos del pazo, era parte de su plan, quería que asistiéramos al final de la Enigma sin poder hacer nada.

Colocó la caja al borde mismo del acantilado, tomo aire y dijo en alto:

—¡Estúpidos niñatos!

Después desató la cuerda que llevaba anudada en la cintura y empujó la caja con todas

sus fuerzas por el precipicio. Escuchamos: primero el silencio, y luego un golpe seco contra las rocas; la caja y todo el equipo de transmisión y la Enigma se deshicieron en mil pedazos que fueron a parar al fondo del mar.

Zoilo comenzó a reírse como un poseso, se lió un cigarrillo y volvió con paso cansino al caserón.

Martín y yo nos quedamos un rato allí, mojándonos, viendo cómo llovía sobre el mar y cómo flotaban los restos de la caja de madera mecidos por las olas. De la Enigma no quedaba ni rastro, se habían dispersado todos los pedazos, hundiéndose a plomo, hasta el fondo. Sabíamos que jamás volveríamos a verla, que nunca nadie sería capaz de sacar los mil trozos del fondo oscuro al que habían caído, allí donde las olas no dan un minuto de tregua. El mar se la había tragado, igual que hizo siempre con los barcos, los secretos y los hombres que intentaron desafiarlo en esta costa, que por algo la llaman de la muerte.

Muy despacio, atravesamos el bosque de castaños. Ya no nos escondíamos. Salimos por el agujero de la cerca y echamos a andar cuesta abajo, empujando las bicis, sin volver la cabeza. Sabíamos que esta vez nuestro temible enemigo no iba a seguirnos. Sin caja, sin Enigma, sin foto, y con un trozo de papel viejo amarillento y borroso como única prueba, nadie creería nuestra historia. Un estúpido y absurdo cuento de niños, dirían.

15

El verano está acabando. Los días son cada vez más cortos y ha comenzado a refrescar. Estamos a primeros de septiembre y mi madre todavía no ha terminado de cerrar la casa, creo que le cuesta despedirse de la abuela.

El mes de vacaciones se ha convertido en mes y medio, y después en dos. Dentro de una semana empieza el colegio, el permiso de mamá tiene que estar a punto de terminar y tendrá que volver al trabajo, así que no creo que tardemos mucho en regresar a Madrid.

Martín y yo aprovechamos los últimos días para ir a pescar o montar en bici, nada que no hayamos hecho antes, nada que no podamos volver a hacer. Los dos sabemos que nunca tendremos otro verano como el que está acabando y también sabemos que la historia de lo que de verdad sucedió no saldrá jamás a la luz porque la Enigma y todos sus secretos descansan para siempre en el fondo del mar.

Quizá algún día lo cuente a alguien, aunque estoy seguro de que no me van a creer, y de todas formas es probable que el viejo Capitán tengo razón, hay cosas que es mejor dejarlas como están.

Últimos títulos publicados

Serie Verde

El loco de la ría

Juan Farias

Ilustraciones
Irene Fra

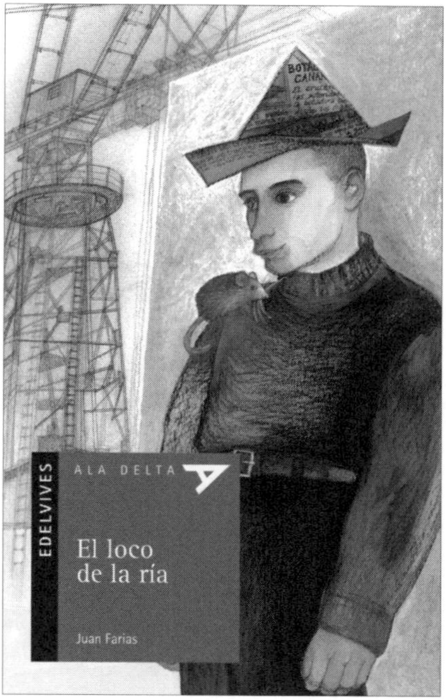

ALA DELTA, SERIE VERDE N.º 46. 112 págs.

Al héroe de esta historia le decían el loco, tenía olvidado su nombre y no sabía su edad.
No tenía un céntimo ni nada que lo valiese.
El loco vivió en esta punta de rocas que se adentra en la mar, a este lado de la ría, en esta tierra tan verde, lluviosa, y a días tan melancólica, tan para locuras mansas.

XVI Premio
ALA DELTA

ALA DELTA, SERIE VERDE N.º 50. 120 págs.

Rumbo sur

Manuel L. Alonso

Ilustraciones
Elena Odriozola

Una niña de diez años que nunca ha salido de su ciudad y un padre con un oscuro pasado tienen 15 días para estar juntos, después de años de separación.
Les aguarda un viaje de más de mil kilómetros en el que la falta de dinero y la suerte decidirán cada etapa.
Más allá, está en juego la posibilidad de vivir juntos de nuevo.